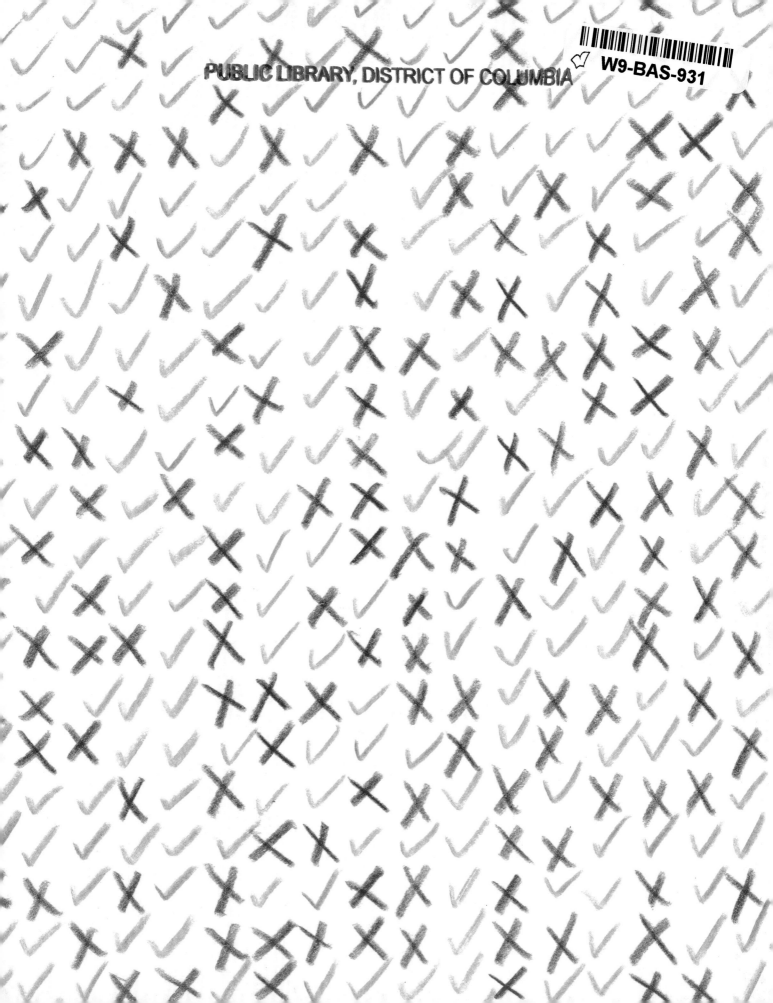

W9-BAS-931

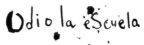

Título original: *I Hate School*

© 2003 Jeanne Willis, por el texto
© 2003 Tony Ross, por las ilustraciones

Publicado por primera vez en Gran Bretaña en 2003 por Andersen Press Ltd., Londres.

Traducción: Sandra Sepúlveda Martín

El texto está compuesto en Century Schoolbook, ¡por supuesto!

D.R. © Editorial Océano, S.L.
Milanesat 21-23, Edificio Océano
08017 Barcelona, España
www.oceano.com

D.R. © Editorial Océano de México, S.A. de C.V.
Blvd. Manuel Ávila Camacho 76, piso 10
11000 México, D.F., México
www.oceano.mx
www.oceanotravesia.mx

Primera edición: 2014

ISBN: 978-607-735-265-5
Depósito legal: B-29660-LVI

IMPRESO EN ESPAÑA / *PRINTED IN SPAIN*
9003796010114

Odio la escuela

Jeanne Willis / Tony Ross

OCEANO travesía

Esta es la historia de una niña
llamada Honorata Valentón,
que no quería ir a la escuela,
pues la odiaba con pasión.

Cuando le pregunté por qué,
ella se puso colorada,
pisó el sombrero con desdén
y contestó muy enfadada:

—¡Mi maestra es un batracio
recubierto de verrugas!
¡El salón es un pantano
donde abundan las orugas!

¡Nos alimentan a la fuerza
con lombrices y pan viejo!

¡Y cocinan un guisado
con caca fresca de conejo!

Yo creí en su palabra,
pues ¿por qué habría de inventar
una historia tan macabra,

y llorar y patalear?

—Pero ¿acaso no te divertías?
¿No aprendiste a leer?

—¡Al contrario! —me decía—.
Nos torturan cada día
si tratamos de aprender.

Nos arrojan al vacío
por pura diversión,
ponen vidrios en el suelo
y nos dan un empujón.

Nos cortan la cabeza
por hablar en el salón.

Por eso Honorata se rebela
y no quiere ir a la escuela.
—Y ¿qué hay de tus compañeros?
—¿Esa bola de embusteros?

Todos ellos son villanos,
son piratas, ¡son muy malos!

Son vampiros inhumanos,
¡tienen mente criminal!
Una noche me amarraron
a un cohete espacial...

Con razón no le gustaba,
¡ese lugar no era normal!
—Pero ¿qué hay del arenero,
el patio y las piscinas?

—Pues serían muy divertidas
si no fueran homicidas...

Son arenas movedizas,
las de nuestro arenero.
Si te caes por accidente,
sólo queda tu sombrero.

Y en la gélida piscina
nadan muchos tiburones
que siempre están hambrientos
y con malas intenciones.

—¿Y la clase de gimnasia?
Te gusta mucho balancearte...
—Te cuelgan del cuello, ¡hasta asfixiarte!
¡Te hacen correr hasta infartarte!

—¿Qué hay del viaje escolar?
Ése lo disfrutas tanto...

—Me tuvieron que arrastrar.
¡El autobús era un asco!

La maestra desapareció.
Dicen que un tigre la devoró.

Pero eso NO fue lo peor...

¡El lugar de los helados
ahora estaba clausurado!

¡Pobre, pobre Honorata!
Ir cinco días a la semana
a un lugar tan desalmado.

(Y la historia aún no ha terminado.)

Durante el invierno los obligaban
a quedarse en la azotea helada,
y cuando caían congelados
¡la maestra los regañaba!

Sus compañeras eran brujas
y hacían trampa todo el tiempo.

Las competencias de atletismo
eran siempre un gran tormento.

En la clase de español
apareció un horrible espantajo,
quien, sin consideración,
arruinó todo su trabajo.

Pero la maestra no le creyó
¡y el director enloqueció!

La triste Honorata odió la escuela
todos los años que duró,
pero ahora que terminó
nada en el mundo la consuela.

—Pero ¿qué tienes, Honorata?
¿Por qué lloras nuevamente?
¡Ya no tienes que volver!
¡Eres libre finalmente!

Contesta ahogada en llanto:

—¡Es que la voy a extrañar tanto!

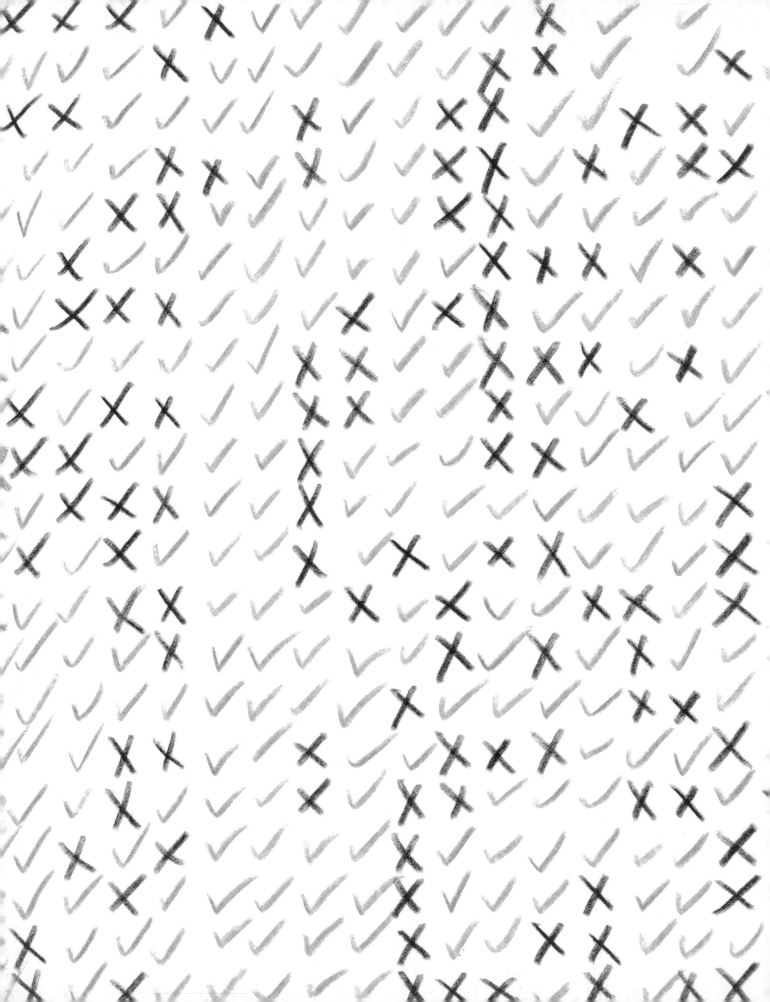